타히티

세계의 여행객들이 매료된 타히티

타히티

타히티 • 모레아 • 보라보라 • 라이아테아 • 타하 • 후아히네

글 · 사진 **송양의**

전출판

TAHITI

프롤로그

세계에서 가장 아름다운 섬은 어디일까? 타히티에 있는 모레아와 보라보라. 죽기 전에 꼭 한번 가봐야 한다는 세계 1등 해변을 믿어보기로 했다.

타히티는 어떤 곳일까? 고갱이 살다 간 곳. 세계에서 가장 아름다운 바다를 품은 섬. 신들의 휴양지. 상상하면서 갔다.

비행시간만 17시간, 경유한 이틀은 계산하지 않았다. 물론 경비를 아끼려고 하루를 더 시간을 내고 비수기에 출발하기는 했다. 그렇게 돌고 돌아 마침내 타히티의 PPT 국제공항에 도착했다.

폴리네시안 전통 노래가 들린다. 어디서 다가왔는지 춤으로 환영한다.

타히티섬을 상징하는 티아레 꽃을 목에 걸어준다. 꽃 한 송이는 왼쪽 귀에 건다. 기혼자는 왼쪽이란다.

'오라나! 안녕하세요.'라는 말이 합창 되어 들린다.

꿈과 현실이 뒤섞인 세계에 입장한 것이다. 동화 속 풍경을 마주하게 된다. 어떤 사진도 이렇게 예쁜 곳은 없었다.

타히티를 가는 사람들이 늘었다. 신혼여행지로 새롭게 부상하고 여행

고수들이 꿈꾸는 곳이 되고 있다. 조금 우수한 에메랄드 해변을 찾았던 사람들이 아쉽게 생각한 걸 단숨에 해결할 장소가 있다. 타히티는 세계 1등 해변과 바다를 품은 세계 공인 장소다. 그래서인지 사람들의 발길을 쉽게 허용하지 않았던 곳이다. 이제는 가는 방법이 많다.

스노클링 하면서 어른보다 큰 가오리, 상어 등 수많은 물고기를 동시에 만지며 즐겼던 곳이 있었던가?

해발 2,241미터 산 등 2,000M 넘는 산이 많아 잃어버린 세계에 들어선 것 같은 비경을 하이킹해 본 적이 있었던가?

치안, 보안, 동식물 위험 등에 안전을 느끼며 여행한 적이 있었던가?

타히티의 6개 섬을 돌았는데도 이 정도라면 타히티는 세상 밖의 세상 맞다.

2023년 11월 28일 인천공항 출발하여 귀국한 날은 2023년 12월 23일이었다.

26일간의 여행은 상상 이상이었다. 세계 150개국 이상 다녀왔으니 멋지다는 바다를 안 가본 곳 없다고 자신했는데 타히티를 위하여 여행

끝판왕은 남겨두었나 보다. 예전에는 세계 3대 폭포, 아이슬란드, 옐로스톤, 몰디브, 칸쿤 등 특정 지역을 말하기도 했다. 아프리카를 6회 다녀왔어도 이런 감동은 없었다.

지구상에서 가장 아름다운 바다, 아름다운 해변 1위는 세계 사람들이 여행하고픈 유혹의 장소로 만들었다. 설렘을 만드는 유혹의 타히티. 여행할수록 더욱 사랑에 빠지는 섬. 타히티에서는 꿈꿀 필요가 없다. 현실 풍경이 아니기 때문이다. 단연 최고라고 말할 수 있다. 걸으며 생각을 만나기도 했고 글도 썼다. 완벽한 자유였다. 승리였다.

걸어서 여행할 때까지만 인생이다. 타히티는 천국이 맞다. 천국의 문에 걸어서 들어선다.

2024년 1월 15일

월파 송 양 의

| 차례 |

| 개요 |

타히티는 프랑스령 폴리네시아에 속한 118개 섬, 5개의 제도 중, 소시에테제도에서 가장 큰 섬이다. 수도는 papeete(파페에테)이고 일반적으로 타히티라고 부를 때 프랑스령 폴리네시아 전체를 뜻할 만큼 대표적인 섬이다.

특히 아름다운 자연환경 때문에 낙원으로 불렀다. 사실 타히티 본섬보다는 한 시간 정도 비행기로 더 가야 하는 보라보라섬 영향이 크다. 세계에서 가장 아름다운 섬 1등이 보라보라이다. 2등이 모레아인데 모두가 타히티에 있다.

배로 30분 거리의 모레아도 한몫했을 것이다.

타히티까지 가는 방법은 직항이 없고, 경유해서 가야 한다.

뉴질랜드 오클랜드 공항에서 5시간. 누메아와 하와이 호놀룰루 공항에서 각 5시간. 일본 나리타공항에서 11시간 걸린다. 샌프란시스코나 LA에서 8시간. 파리에서는 23시간 걸린다. 파리에서는 세계에서 가장 긴 항공노선이다.

일본을 경유해서 가는 방법이 일반적이고 최단 노선이다. 나는 절약하

려고 호주와 뉴질랜드 경유 노선을 택했다. 사람들이 사는 섬이 수십 개인데 일정상 6개 섬만 여행한 것도 못내 아쉬웠다.

화가 폴 고갱이 말년을 보낸 곳이며 고갱의 걸작 대부분이 이곳에서 그려졌다. 고갱 박물관도 있다. 달과 6펜스, 러브어페어, 바운티호의 선상반란, 황태자의 첫사랑, 지붕 뚫고 하이킥, 퍼시픽션, 아바타2 등 무수히 많은 영화가 이곳에서 촬영되었다. 그만큼 비너스의 섬이라고 불릴 정도로 아름답다.

수도

파페에테

통화

프렌치퍼시픽프랑(cfp. 1유로=119.33cfp. 100cfp=1$. 1,000cfp=10$), 유로 환전 후 현지 공항, 또는 호텔에서 다시 환전. 작은 상점 제외하고 달러는 대부분 통용된다. 오히려 유로는 환전하지 않으면 사용 불가.

기후

열대기후. 년 중 관광. 4월~10월은 건기. 11~3월은 우기.

기온

연평균기온 27도.

인구

118개 섬 전체 인구 28만 명 (타히티 본섬의 인구는 20만 명). 원주민 70%, 프랑스인과 중국인, 그리스인과 혼혈로 구성.

시차

한국보다 19시간 늦다. 한국시간에서 5시간 더하고 하루 빼면 된다.

전압

220v(110v 되는 곳 많음). 어댑터 있으면 좋으나 한국 것 대부분 됨.

언어

공용어는 프랑스어와 타히티어. 호텔과 관광지는 영어 가능하며 일부 원주민 제외하고 영어 소통됨.

비자

관광목적으로는 90일 체류는 무비자 입국 가능. 뉴질랜드 경유는 뉴질랜드 경유비자 필요.

공항

타히티 파아 국제공항이 있고 섬에 가는 국내선은 에어 타히티 누이 등 2개 항공사 있다.

위치

남반구. 위도 17도, 경도 149도 부근 남태평양 한가운데 위치하며 서쪽에 호주, 뉴질랜드. 북쪽에 하와이. 동쪽에 칠레. 프랑스에서 16,000km (9,950mile) 거리.

면적

118개 모든 섬의 합계 면적은 4,167 평방km. (타히티 본섬 면적 1,045 평방km. 타히티 본섬 면적은 제주도 크기의 반 정도)

꽃

타히티 꽃 티아레, 꽃은 왼쪽 귀 위에 꽂는 것이 전통

필요서류

여권, 뉴질랜드와 호주 경유는 해당 나라 비자. 뉴질랜드 nzeta비자. 호주는 eta비자(입국할 경우만 필요). 운전면허증(렌터카 경우 국제운전면허증). 유로. 카드. $

에피소드. 여행 팁

미국에서 입국 시는 ESTA 비자, 호주에서 입국 시는 호주 비자 필요(단 호주 공항만 이용 시는 불필요) 뉴질랜드 경유 시는 공항만 경유하더라도 반드시 NZETA 비자 필요하다. 타히티 입국할 때 비자 확인한다. 나는 뉴

질랜드에서 타히티 입국 시 타히티는 3개월간 한국인은 무비자라고 안심했다가 급하게 nzeta 뉴질랜드 비자 만들었다. 인터넷은 현지에서 usim 교체 사용이 편리하다. 1개월 사용료가 18$인데 거의 모든 섬이 다 된다.

에피소드, 여행팁

중간 경유지인 오클랜드 공항에서 23시간 대기가 지루해서 밖으로 나와 1박 하려고 숙소행 버스 탑승했다. yellow bus 티켓을 사야 하는데 버스는 교통카드 사면 되는 줄 알고 40달러 손해 봄. 알아도 묻지 않으면 시작이 불안하게 된다. 숙소에서는 어댑터가 연결되지 않았다. 공항 편의점에서 뉴질랜드용 어댑터 살 것을 후회하였다.

타히티 공항에 부푼 꿈을 안고 내렸다. 가방 3개 중 1개만 나온다. 2개는 분실되었다. 에어 타히티 누이 항공사에서 미안하다며 옷 한 벌씩과 세면 도구를 내어 주면서 곧 찾아주겠다고 한다. 타히티 첫날부터 불안하다. 음식물 규정 위반일까? 경유 시간이 길면 직접 가방 현장 수령 후 재송부해야 안심일 듯. 타고 온 아시아나항공, 라탐 항공, 에어 타히티 누이 항공 등에 이메일 보내고 전화하였지만 안타까운 쪽은 나. 옷 가방과 음식물 가방 없이 택시 타고 숙소로 향함. 라면 등 음식물을 가방에 넣고 갈 때는 특히 조심해야 한다.

TAHITI

타히티 섬

TAHITI

타히티 섬

틀에 박히지 않은 거칠고도 광활한 자연.

타히티섬 내륙의 산지는 폭포와 용암동굴 신성한 장소들이 곳곳에 자리한 녹색 왕국이다.

살아서 꼭 가야 할 곳. 나는 자유여행으로 현지인들의 숙소에서 머물고 음식은 주로 직접 요리해서 먹었다. 렌터카 빌리고 자전거, ATV, 운전하며 경비 절감하였다. 액티비티는 숙소에서 예약 가능한데 상품 대부분 매우 비싸다.

수십 가지 바다 그림자를 볼 수 있는 타히티 바다는 영화보다 더 아름답다. 바다 위에 애교점을 찍은 듯한 작은 군도, 바다 위를 유유히 유영하는 환초, 초목이 무성하게 늘어진 드높은 화산, 세계에서 가장 아름다운 자연환경을 자랑한다.

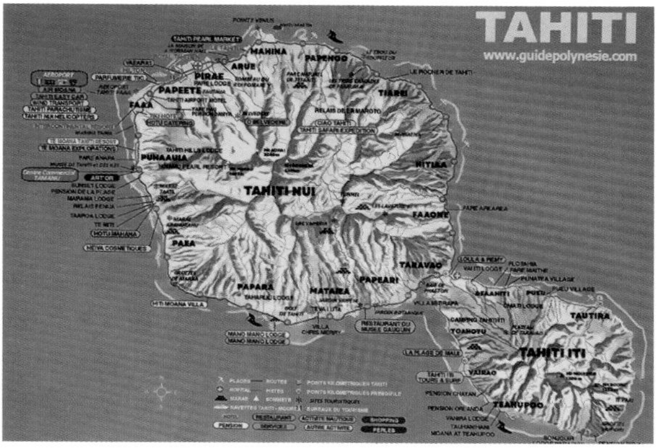

la ora na라 오라나= "안녕하세요" 인사말을 들으며 타히티 여행은 시작된다. 파레오(천연염색 타히티 옷) 입은 현지인들, 남태평양의 낙원이요 여왕, 남국의 정열이 넘치는 곳, 때 묻지 않은 자연, 평생 꼭 한번은 가보

고 싶었던 타히티에 왔다.

청록색 석호, 하얗게 빛나는 모래 해변이 끝없이 펼쳐진 섬. 깜빡 속아 넘어갈 것만 같은 환상적인 세계가 펼쳐지 는 타히티는 연인과 낭만적인 여행지로 가장 이상적인 선택이다.

여기 있는 것만으로도 마음 치료된다. 아담과 이브 되어보기, 화관 쓰고

자연을 걷기. 이곳이 지구상의 마지막 파라다이스. 마음의 여유는 자연의 힘. 그냥 아무것도 하지 않아도 즐겁다.

천국 간 사람들도 이곳이 부러울 것이다. 쪽빛 바다를 보다가 반짝이는 해변 모래를 만진다.

타히티 관광

1. 오로헤나 산 등산

2. AREMITI FERRY

편안한 페리를 타고 관광. 모레아 가기. 편도 시간은 30분 내외. 왕복 1시간. 1인당 요금 왕복 40달러($)

3. MUNICIPAL MARKET

까르푸 등 프랑스식 대형시장도 있지만, 재래시장과 벼룩시장도 볼만하다. 레몬즙과 코코넛 밀크 듬뿍 뿌린 생선회가 국민 요리인 듯. 끓인 참치 뱃살 요리 즉 파파루(맵고 시다)도 맛있다.

마루루(감사합니다). 오라나(안녕하세요) 합창 소리가 들린다.

4. PAOFAI GARDENS

쾌적한 공원, 워터프론트의 많은 곳을 구경하는 곳. 조각과 정원, 산책, 항구.

꽃의 도시답게 꽃향기에 취해 걷다 보면 내 왼쪽 귀에도 꽃이 걸려있다.

이런 곳도 흥이 난다. 타히티에서 춤을 못 추면 이상한 것이다. 타히티에서는 한번 만나면 친구가 되고 한번 식사하면 가족이 된다. 공원은 여유로움이 가득하다. 멋진 곳에서는 그날의 기분이 태도가 된다. 오늘 최고다.

5. ARAHOHO BLOWHOLE 작은 구멍에서 나오는 간헐천. 태평양의 바람이 한곳에 모여있다가 뿜어나오듯 신기하다.

6. FAARUMAI WATERFALLS 폭포

계곡 폭포지대 하이킹. 고도 2,241m의 오로헤나 산과 고도 2,066m의 아

오라이 산의 장엄한 봉우리, 조각칼로 새긴 듯, 뚜렷한 왕관 모양을 한 봉우리를 자랑하는 고도 1,321m의 디아뎀 산. 깊은 하천 계곡 사이사이 녹음이 우거진 압도적인 풍경을 자랑한다. 파라우라 계곡 하이킹은 빼놓을 수 없는 코스. 한 폭포에서 다른 폭포를 거쳐 천연수영장에서 드넓은 분지까지 이어지는 길을 걷다 보면 높이가 180미터에 이르는 아찔한 폭포지대에 이르게 된다. 흰 제비갈매기, 검은 제비갈매기가 특히 많다. 새조차 흑백으로 선명하여 감탄사가 절로 나온다. 이곳 폭포는 바다의 눈물이라고 부른다. 맑고 투명하고 깨끗한 눈물이 모여 바다로 흘러간다. 그래서인지 바다가 에메랄드빛으로 청명하고 푸를 수밖에 없는 모양이다. 때 묻

지 않은 정글에서 만들어진 강물 따라 걸어간다.

여긴 새도 동물도 천적이 없고 위험 동물도 없다. 산악 액티비티 즐기는 것은 덤.

7. TEREVAU 페리 : 수면을 경쾌하게 때리며 광활한 청록빛을 가로지른다. 함께 탑승한 여행객이 행복한 표정을 지으며 누가 더 행복한지 내기하자는 듯하다. 모레아 왕복은 아레미티 페리가 더 크고 편안할듯하여 아레미티 페리 이용했다.

8. POINT VENUS. 포인트 비너스. 최북단에 위치한 화산섬 타히티의 특

PUHAU

징이 만들어 낸 작품이다. 검은색 해변과 에메랄드빛 바닷물이 조화를 이루는 신기한 풍경이 펼쳐진다. 모레아 섬으로 저무는 석양이 장관이다.

9. MUSEUM OF TAHITI AND THE ISLANDS 역사박물관. 근처에 검은 모래 해변 있음

10. THE WATER GARDENS OF VAIPAHI 자연 야생동물 서식지. 가든. 호수와 해변과 꽃나무가 멋진 바이파히 가든.

11. MUSEE DE LA PERLE WAN 전문 박물관.

12. 테파리 절벽: 타히티 남쪽 해변 테파리 동굴. 접근이 힘들다. 많이 걷는다.

13. 고갱 박물관 : 한 곳은 폐허로 변해있고 한 곳은 진품 없고 사본과 다른 사람 그림만 있음.

14. 비너스 케이프

아라호호 바람구멍 본 후 새 부리 모양으로 태평양을 향해 나온 육지를 걷는 것도 일품.

15. 파이투마이 폭포 : 타히티섬 순환도로를 따라가다 티아레이 부근에서 들어가면 웅장한 폭포를 만난다. 다리를 건너가다 보면 높이 90M의 폭포 만난다. 꿈꾸었던 완벽한 휴양과 신령한 야생이 공존하는 곳. 이 세상에 없던 세계다.

다른 두 개의 폭포는 약간의 노력이 더 필요한데 시간과 노력이 아깝지 않다. 타히티의 숨은 보물이다. 타히티 수도에서 볼 때 아래쪽 좌측에 있다.

16. 마라 동굴 : 파파라 지역 근처에 있다.

17. 파파에테 야시장 : 아침이 더 좋다. 흥겨운 저녁 식사하기. 부둣가 바디에테 광장에서 시작하여 구시가지 워킹하기.

18. 렌터카 또는 4륜 ATV 타고 탐험하기: 해안선 총길이 113km를 운전하며 여행하기

19. 마티비이 만에서 스노클링 하기. 라 군 둘러보기

20. 검은 모래 해변 : 포인트 비너스. 검은 바다 해변은 금가루 뿌린 듯 빛남.

21. 걷지 못한다면 헬리콥터로 폭포 둘러보기.

22. 타라바오 taravao 오르기.

23. 흰색 RTC 버스 타고 시내 구경과 마을. 서클 아일랜드 버스 투어 또는 렌터카나 스쿠터 대여, 등

그 외에 골프장이 있고, 박물관과 식물원 있고 Great waterfall 있다.

숙소

고급 호텔보다는 폴리네시아 고유의 분위기를 느끼며 현지인들의 삶을 경험하고 전통을 배우고 싶다면 파레가 좋다. 전통가옥인 파레는 친구처럼 다정한 호스트가 손님을 따뜻하게 맞아준다. 맞춤형 자연 액티비티 투어를 즐길 수 있다. 고급호텔을 숙소로 잡아 놓고 잠만 자는 여행을 할 수 없었다. 신혼여행이라면 1박에 수백 하는 리조트나 호텔에 머물지 모른다. 나처럼 새벽부터 일어나 밤늦게까지 오늘은 어느 곳부터 정복할까 하는 사람은 불필요한 낭비다.

나는 에어 비앤비 등에서 파레라는 현지인 단독주택 전체 임차하여 사용했다. 숙식 자체 가능하며 1박에 100달러.

여행 기간은 길수록 좋다. 신혼 여행하는 사람들은 보라보라와 모레아를 5박 정도로 한다. 시간이 길면 꼭 타히티 본섬을 여행 권한다. 렌터카는 어느 섬이든 필요하다. 건기가 값이 비싸고 우기가 싸다. 우기도 하루 내내 비가 올 때는 드물다.

에피소드. 여행팁

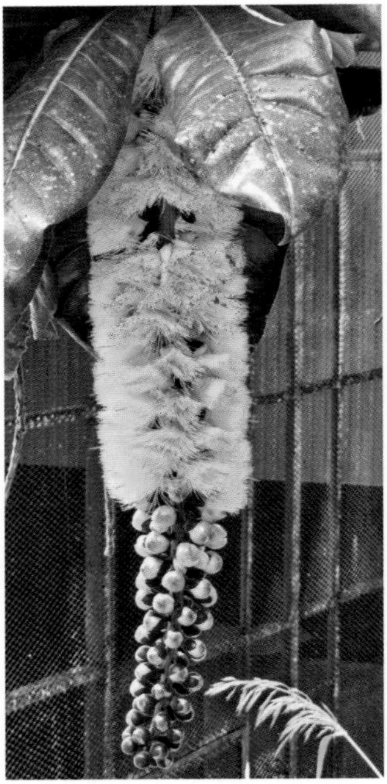

가방 2개는 3일간 기다려도 오지 않는다. 까르푸에서 모자, 옷 등 사서 여행 다닌다. 3일 버텼다. 화가 나고 불편하기 그지없다. 나는 해탈의 경지에 도달했는지 좋은 생각, 좋은 말만 하고 있다. 여권과 돈과 내가 있으니 감사하다고 계속 말한다. 좋은 체면을 걸어야 삶이 즐겁다는 것을 실천한 것은 오래되었다. 나의 파트너는 몸살감기에 두통과 열이 나기 시작하더니 목소리가 잘 나오지 않는다. 화를 다스리지 못하면 병이 난다는 말이 맞는가 보다.

공항 분실물 센터에 방문하여 다시 요청한 후 공항점 렌터카 회사로 간다. 이미 예약 체크인까지 한국에서 하고 갔기에 빠르다. 기아차다. 오토매틱으로 신청했었다. 보험 안 하면 하루당 50달러다. 유심카드 사용하여 구글맵 열어 안내받은 대로 운전한다. 핸드폰이 안 되면 개별 배낭여행 어렵다. 바게트가 주식이 되었다. 바게트 두 개에 1달러다. 바게트 크기가 개당 60cm 된다. 지나칠 정도로 싸다. 그리고 맛있다.

오로헤나 산을 오른다. papenoo 파페누에서 포장된 동네 길로 간다. faarumai 폭포를 구글맵에 치고 가도 된다. 갑자기 비포장도로다. 길을 잃었다. 도로가 험해서 느리게 운전한다. 계곡을 따라 오르자. 입을 다물지 못하는 장관이 파노라마 친다. 잘 걷지 못한다면 처음부터 SUV 차량이나 트럭으로 가야 한다. 승용차라면 많이 걸어야 한다. 아니면 가이드 동반한 선택 관광해야 한다. 잃어버린 세계를 볼 수 있다는 특혜를 누릴 수 있다. 가장 추천하는 코스다. 고갱이 물감으로 사용했다는 노랑 바탕에 자주색 꽃술이 있는 꽃이 만발한 숲길로 들어간다.

조금 걷자 했는데 비경 속으로 끌려 들어간다. 100m 넓이의 강처럼 넓은 냇가에서 사람들이 다이빙과 수영을 하는 모습이 보인다. 어떻게 왔는지 대단하다. 다리를 지나 몇 시간 오름이

다. 장엄한 폭포에서 쏟아지는 물량이 거대한 호수를 이룬 곳에 이른다. 기대 이상을 만난다. 역시 여행은 길을 잃은 때부터 시작되나 보다. 뒤돌아 걸어가서 차를 몰고 험한 길을 오른다. 파트너가 되돌아가자고 열 번 말하고 두 번 더 말했던 것 같다. 파트너에게 말했다.

"도시의 아파트, 매연, 사람들, 미세먼지, 차량, 근심 걱정, 다람쥐 바퀴 같은 일상으로 돌아가고 싶냐. 앞으로 전진이냐." 어떻게 할래 하였더니 돌아가고 싶지 않다고 끄떡거렸다. 여행할 때는 용기백배인 나다. 전진이다. 계속 폭포가 나오고 그림같이 아름다운 산들이 가까워진다. 얼마나 올랐을까? 관광용 트럭이 지나가면서 현지 가이드가 말한다. "이 상태로는 위험하다. 곧 폭우가 쏟아질 것이다. 고립된다. 하산하라" 그렇게 엄포놓아도 포기할 내가 아니다. 들어줄 내

가 더욱 아니다. 차로 가다가 내려서 걷는다.

세상에 이렇게 멋진 곳이 있을까. 최정상까지는 결국 가지 못했다. 타히티는 아름다운 바다와 2,000m가 넘는 산이 즐비하기에 더욱 신비의 섬 답다. 힘들게 오르고 하산하였다. 대 성공이다. 다시 찾는다면 여기서 뼈를 묻을 것이다.

에피소드. 여행 팁

항공기에 실은 짐 2개가 타히티 도착한 지 5일째인데 아직도 소식이 없다. 음식물이 문제일까? 다음부터는 라면, 쌀, 김 등 음식물은 가방에 넣어서 가져오지 않겠다. 스트레스가 심하다. 나도 파트너처럼 병이 날지 모른다는 생각이 든다. 모든 비상약은 잃어버린 가방에 있다. 아프면 안 되는데 포기할 것을 포기 모르니 몸이 힘들어한다. 면역력과 건강은 마음 상태가 절대적이라고 한다.

음식과 운동은 20%, 마음 관리가 80%의 비중을 두는 것이 건강관리이다. 포기할 것은 빠를수록 좋다. 긍정적인 생각을 할 때 면역세포가 제 기능을 발휘한다. 분노 불평 낙심 염려 불안 같은 부정적인 생각이나 감정은 면역력 파괴로 자기 몸에 염증이 생기게 하고 질병을 일으킨다. 그런 것들은 강력한 독성이 있다. 동의보감에도 쓰여 있다. '마음이 산란하면

병이 생기고 마음이 안정되면 있던 병도 저절로 좋아진다.' 감사하는 마음을 갖자. 오늘도 즐겁다. 에피소드가 많아야 추억거리가 많다. 재미를 배가시키는 하나님께 감사합니다.

타히티 남쪽의 pueu푸에우 지역에서 타라바우 정상 오른다. 산 정상에 호수가 있고 먼발치에 태평양이 발아래 놓여있다. 길이 외길이어서 포장도로를 무조건 직진했더니 목장이 나오고 농장을 거쳐 산 정상에 오른다. 용기 답례가 환상이다.

에피소드. 여행 팁

vaipahi바이파히 가든, 꼭 올라야 하는 산이다. 산 정상까지 30분이면 오른다. 하이킹을 좋아한다면 능선을 따라 2시간 걸어도 좋다. 산 정상에서 바라보는 타히티 바다가 옥빛으로 화려하다. 바쁜 사람은 산 정상에서 계곡 따라 내려오면 30분이면 하산 끝이다. 새소리 물소리 들으며 걷는 건 구름 위에 떠 있는 느낌. 계곡 하천 따라 내려올 때 유격 훈련하는 것처럼 밧줄 잡고 내려오는 곳이 많다. 노약자는 힘들다. 용기 있는 자는 보상받는다.

타히티는 큰 섬이다. 일주도로 중간에 마을로 들어가는 포장도로는 무조건 들어가 보자. 후회하지 않는다. 폭포가 있고 꽃밭이 있고 아름다움이 축적되어 있는 곳을 만난다.

MOOREA

모레아 섬

MOORERA

모레아 섬

축복의 섬이라고 부른다. 면적 82 평방km.(부산광역시 면적과 비슷하고 제주도의 20분의 1 크기) 타히티 북서쪽 21km 떨어져 있는 화산 섬. 인구 16,000명. 해안선에는 약 60km의 일주 도로가 놓여있다.

세계 최대의 산호초 생태 환경을 보존하고 있다는 말이 실감 난다.

산호초 정원으로 되어있는 섬. 일출부터 일몰까지 매 시간 섬 전체의 색이 변한다. 태양의 고도에 따라 시시각각 변하는 것을 보면 세계 최고의

섬이라는 이유를 인정하게 된다. 천국일까? 의심할 때가 대부분이다.

파페에테에서 비행기로 10분, 배로 30분 걸린다. 영원의 섬이라 불리기도 한다.

그동안의 세계 여행 다닌 것은 이곳을 오기 위한 맛보기였다

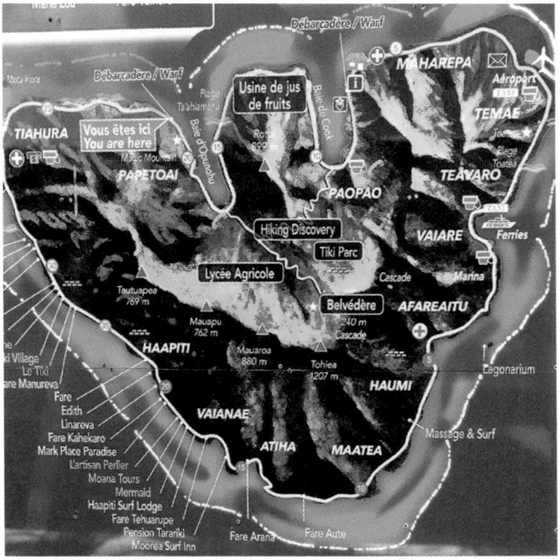

러브어페어 촬영지에서 사랑을 흉내 낸다.

남태평양의 푸른 바다 위에 연둣빛 벨벳을 깔아 놓은 듯한 마법 같은 섬. 넓고도 얕은 라 군은 부드러운 고사리가 양탄자처럼 덮고 있는 절벽을 따라 폭포가 흘러내리는 산을 겹겹이 둘러싸고 있다.

사적인 영감이 불러일으키는 녹색 가득한 풍경을 보노라면 오감이 압도된다.

어디든지 새소리, 만발한 히비스커스꽃 사이 걷다 보면 영험한 힘에 몸을 의지하게 된다. 에메랄드빛 라 군은 스노클링, 제트스키, 카누, 다

이빙 등 물놀이터다. 천국에 바다가 있다면 바로 이렇게 만들어 놓았을 것이다.

평화롭고 울창한 숲의 지붕 아래를 탐험하다 보면 마음속에 행복한 발자국을 남긴다. 프랑스 인상파 화가 폴 고갱이 사랑한 섬. 그림엽서 같다.

환생

내가 다시 산다면 봄으로 태어나리
한 계절은 너와 함께 지낼 터이니

Belvédère de
TOATEA

모레아 버킷리스트

1. BELVEDERE OVERLOOK 벨베데르 전망대 : 섬 중앙에 두 개의 만인 쿡스 만과 오푸노후만 사이로 로투이 산이 정면에 보인다. 오푸노후 계곡 또한 한눈에 보여 아름다운 전망 감상하는 곳. 이 섬의 가장 스펙터클 한 풍경을 감상할 수 있는 장소이다. 두 개의 산 사이로 파노라마가 내려다 보이는 이 전망대는 섬에서 가장 인기 있는 곳이다

2. 골프장 : 호숫가와 해변. 코코넛 나무 사이 위치한 가장 특별하고 재미있는 코스가 있다.

3. 영화 러브어페어 현장 탐방 : 사랑하는 연인과 함께 걷던 파인애플 농장을 걸어본다. 영화처럼은 아니고 지금은 농장에 풀만 있지만, 산천은 그대로다. 배경이 예술이다.

4. 파인애플 농장 견학 : 농장 구경하고 주스 공장에서 시음해보기

5. 돌핀센터

6. 라 군 체험 : 유리 바닥 보트, 파라 세일링, 카약, 제트스키 등으로, 라군 탐험하기

스노클링 하면 노랑가오리, 상어, 바다거북 보는 것은 기본, 산호와 물고기들의 왕국에서 나는 손님이다. 수심이 얕고 물결이 잔잔해 바닷길을 천천히 달려 볼 수도 있다

7. 4륜 ATV 투어: 4륜 ATV 차량 타고 농장과 개울을 지나 계곡 깊이 숨어있는 폭포까지 들어가 보기. 산꼭대기 등반은 가이드 안내가 필요하다.

렌터카나 투어 통해 섬 일주 여행하기, 마을과 과일 상점 방문하기

8. 수공예품 감상: 나무 조각 등 각종 수공예품 감상과 공예품 만들어 보기

에피소드. 여행 팁

아침 일찍 항구에서 배표 왕복으로 산 후 30분 걸려 타히티에서 모레아에 왔다. 택시 기사의 도움받으며 섬 관광하면 쉽게 관광 포인트를 볼 수 있다. 차량 대여 등 여러 방법이 있지만 개인택시 투어도 추천할만하다. 하루 투어가 200달러다. 모레아에서 숙박한다면 여러 방법이 있지만, 타히티 본섬에서 배로 당일 왕복하는 관광객은 이 방법이 최선이다. 나는 첫 번째는 택시 관광했고 열흘 후 두 번째 방문 때는 렌터카를 이용했다.

모레아의 바이아레에서 차를 타고 간다. 테베 공항지역 지나서 시계 반대 방향을 가면서 첫 번째로 벨베데레 전망대로 향한다. 해발 899m의 로투이 산이 양쪽의 오푸노후만과 쿡 만의 호위를 받으며 웅장하게 마주한다. 뒤편에는 토히에아 1,207m 산이 포근하게 하고 왼쪽이 880m 모우아로아 산, 오른쪽이 830m 모우아푸타 산이 병풍처럼 있다. 넋을 잃고 감상한다.

누가 이끌지 않았다면 종일 서 있었을 것이다. 하우루 지역과 아티하 거쳐 항구로 돌아왔다.

아침 일찍 출발하여 저녁에 도착했는데 순간이동 한듯하다. 즐겁게 지낸 시간은 너무 빨리 간다. 라 군도 아름답고 영화의 주인공 되어 걸어도 보았다. 산들이 그림 같다. 풍경화도 이렇게 아름답게 그리지는 못할 것이다. 들떠서 걷게 된다.

타히티 여자들은 춤이 관능적이다.

화관을 쓰고 티아래 꽃목걸이를 한다. 붉은색, 노란색, 하얀색의 원색 옷을 입고 허리에는 긴 나뭇잎을 엮어 두르고 춤을 춘다. 허리 돌림이 현란하다. 춤도 유혹적이다. 매력이 넘쳐 유혹당하고 싶다. 춤이 일상인지 둘만 모이면 춤을 추는 것일까? 안 볼 방법이 없다. 어디서든 들려오는

춤사위. 타히티에서 빠져나오기 어렵게 생겼다. 갑자기 끌려가서 함께 흔들었다.

여행 중에도 사람과 어울리게 된다. 논쟁보다는 돌아갈 줄 아는 지혜가

필요함을 느낀다. 귀를 열어 듣는 따뜻한 사람. 상처 주는 말을 하지 않는 사람. 여유 있는 삶을 사는 사람. 건강한 노인이 되고 싶은 사람으로 살아야겠다는 생각이 든다.

BORABORA

보라보라 섬

BORABORA

보라보라 섬

이제까지 보았던 어떤 사진보다 아름답다. 바다색이 겹치는 라 군에 둘러싸인 오테마누 산은 보라보라의 아이콘이다. 라 군을 둘러싸고 위치한 유명 호텔이 있다.

말뚝 위에 올려진 필로티 방갈로가 상징인양 펼쳐있다. 50가지 뉘앙스의 푸른 라 군으로 로맨틱한 휴가를 약속한다.

지상은 환상적이요 바닷속으로 뛰어들면 만타가오리, 돌고래, 다양한

상어, 세상에도 없을 산호군락과 무지개 색깔 물고기들을 만나게 된다. 물 반 고기 반이라 별도의 고기밥도 필요 없다. 해변의 색깔을 선택할 수 있는 곳. 바다 위에는 혹등고래를 만날 수 있고 산호 띠 따라 끝없이 나래 핀 산호군락을 배를 타고 볼 수 있다. 에덴동산을 미리 본다고 생각하면 된다. 왜? 세

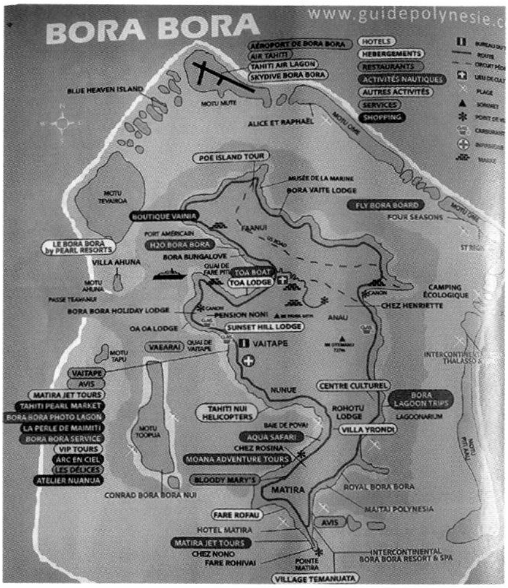

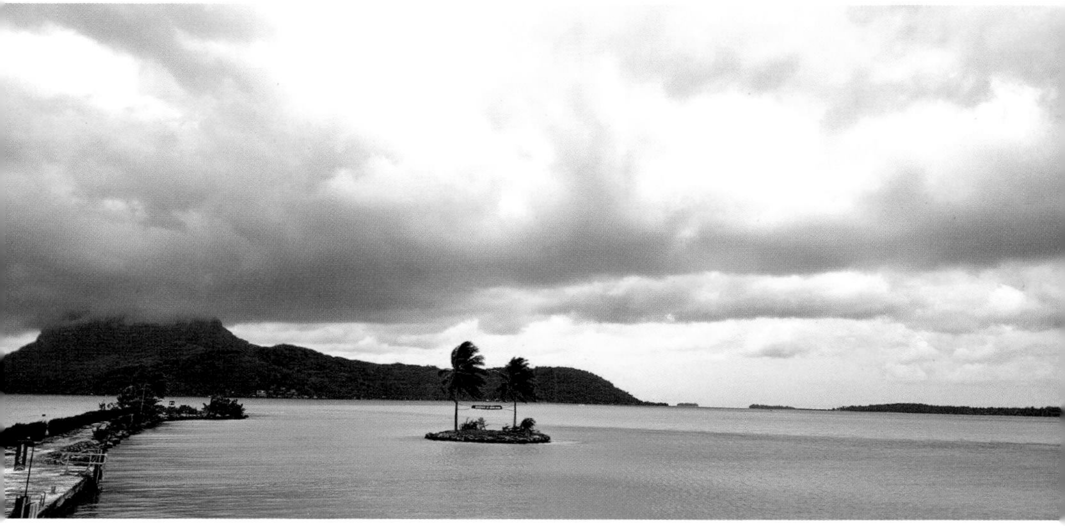

계에서 가장 아름다운 섬 1등인지 인정하게 된다.

다채롭고 푸른 빛을 가진 라 군과 연결된 섬. 보물 같은 존재다.

타히티에서 항공편으로 50분 거리에 있는 세계에서 가장 아름다운 라 군으로 둘러싸여 있다. 아름다운 화관이 가득한 곳. 낭만과 사랑을 상징하는 섬. 초현실적으로 보이는 다채로운 푸른빛의 라 군 위에 떠 있는 화산지형이다. 작은 배를 타고 섬을 둘러보는 것은 필수.

CNN이 선정한 세계 최고의 해변인 마티라 해변도 품고 있다. 바닷속은 놀라운 천연아쿠아리움이다. 우아한 몸짓으로 느긋하게 헤엄치는 대형 가오리, 거북, 물지 않는 상어 등을 관찰할 수 있다.

지상은 어떠한가? 섬 안으로 갈수록 녹음이 우거진 산악지대가 펼쳐진다.

하이킹하거나 자전거와 스쿠터 등을 타고 둘러보자.

웅장한 경사면을 자랑하는 정상 727m의 오테마누 산을 제외하고 대부분의 등산로는 길이가 짧거나 경사가 완만하다. 히비스커스꽃이 가득한 계곡의 풍경은 아름다움 그 자체. 산 위에서 보면 야자수가 솟은 산호섬이 아름다운 목걸이처럼 이 섬을 꾸며준다.

야생의 산악지역이지만 등산길에서 위험한 동물이나 곤충을 만날 위험은 없다.

바다와 육지가 신비함으로 가득할 뿐이다.

상어와 헤엄치기 스노클링이 자연스러운 이유다

파페에테에서 240km 북서쪽에 위치. 면적 38평방km(제주도 우도 섬 5배이고 제주도 전체의 60분의 1) 인구는 10,550명이다.

길이 10km, 너비 4km. 섬 일주도로 32km를 사륜구동차나 자전거로 경험할 수 있다. 해저산맥 같은 산호초 띠가 리프처럼 형성. 산호초 띠가 큰 파도를 막아주어 잔잔하다

지구상에 존재하는 모든 색이 존재한다. 물에 담그면 내 몸이 에메랄드 빛으로 물들까 조심하며 물에 들어간다. 천국보다는 보라보라를 선택하

고 싶다.

현실과 비현실 공유하는 곳. 지구상의 모든 색이 있는 곳. 사람들이 타히티 보라보라를 천국 또는 파라다이스라고 부른다. 틀렸다. 그 이상이다. 하늘과 바다. 내 영혼을 마주하는 곳. 인간과 자연이 조화롭게 살아가는 남태평양 섬. 럭셔리한 휴가와 로맨틱한 허니문까지 모든 것을 갖춘 섬. 육체와 영혼의 힐링 장소.

전 세계에서 가장 아름다운 섬 1위에서 낙원을 즐길 준비가 되어있는지 물어본다.

산호 덩어리 암석으로 본섬을 둥글게 포위한 채로 둘러싸여 있어 파도 막아주고 천혜의 자연환경을 누릴 수 있다

비너스의 섬, 남태평양의 낙원, 지상 최고의 절경, 천국의 정원, 수식어가 이곳은 너무 많다. 풍경에 압도당해서인가? 물이 착착 감기어서일까?

지상의 색이 흉내 낼 수 없다. 바닷속 풍경을 제외하고도 말이다

자전거를 이용하여 섬을 돌 수 있다

바다 위에 펼쳐진 화가의 팔레트처럼 보이는 보라보라, 천국이라는 단어가 늘 함께하는 이름이다. 태평양의 진주. 천국보다 더 아름다운 섬 맞다

공항은 본섬 북쪽에 있는 섬, 무테에 있고 공항에서 주요 마을인 바이타페까지 에어 타히티의 고속 셔틀 보트가 운행되고 있다.

행복론

남들의 행복이 부러웠다.

뒤돌아보니 내 행복을 부러워하는 이도 있었다

다른 눈으로 보면 행복하지 않은 것이 없다.

라 군 탐험

세계에서 가장 유명한 라 군을 안 볼 수 없다. 투명하고 얕은 해변에서 스노클링 해도 물에서 나오기 싫다. 상어, 가오리와 함께하는 스노클링. 상어와 가오리에게 먹이를 주며 움직임을 바라보는 특이한 체험. 가오리들에 둘러싸인 채 그들의 발레 동작 같은 춤을 구경할 수 있다. 누가 5m 바닥에 'I LOVE YOU BORABORA' 돌을 모아 써 놓았을까?

어디까지가 바다이고 푸른 하늘인지 수평선을 훑어본다. 세상의 온갖 청록색을 다 풀어 놓은 것 같다.

초록색이면서 유리처럼 투명한 빛깔은 경이롭다. 열대지방이어서인지 없는 것이 많다 그런데도 물고기 어장과 다름없는 산호를 탐험하며 즐기다 보면 행복뿐이다.

오테마누 산 버스 투어 : 버스 투어 안 해도 도로변에 차 세워놓고 20분 만에 오를 수 있는 1차 전망대가 있다.

섬 투어 : 4륜 ATV 차량으로 숨겨진 곳 탐험. 내륙도로 따라 사륜구동차 여행의 즐거움은 크다. 스쿠터나 자전거로 둘러보기.

선셋 : 최고

마티라 포인트 : 청록색의 투명한 라 군은 백사장과 절묘한 조화를 이루고 있어 이곳을 태평양의 진주라고 일컬을 정도다. 역시 세계 공인 1위 해변이다.

전망대 : 새들이 많다.

바이타페 항구 : 항구 지역으로 본섬 선착장이 있고 가장 큰 도시(집 몇 채 있을 뿐인 도시)라 은행 마트 등이 있다.

에피소드. 여행팁

타히티 도착 5일째 아침 08시, 숙소에 가방 한 개가 배달된다. 파레 숙소 호스트가 힘써준 모양이다. 음식물 가방이다. 가방 한 개는 언제 올지 모른다. 공항 분실물센터에 가서 억울하니 보상해달라고 요청한다. 240달러를 통장에 입금해준다. 가방 한 개 파손은 100$ 추가로 넣어준다. 섭섭함이 일부 상쇄된다. 보상 청구하지 않았다면 보상받지 못했을 것이다. 보상 규정 습득 후 일단 이의 신청제기와 배상 요구가 필요하다. 천만다행인 것은 여행이 얼마나 즐겁고 좋은지 숙소를 나와 여행할 때는 가방 사건을 잊는다는 것이다.

타히티에서 5일 숙박 후 보라보라행 비행기를 타고 간다. 앞쪽 왼쪽에 앉아야 아름다운 바다를 감상하며 갈 수 있다. 제일 앞줄 다음에 앉아 모레아 등 여러 섬을 감상하며 날아간다. 헬리콥터 투어 500$ 저축된 셈이

다. 타히티로 돌아올 때는 반대 방향에 앉았는데 보라보라가 아닌 후아힌에서 올 때는 아닌 모양이다.

이륙 후 50분 만에 보라보라에 착륙한다. 눈이 두 배로 커진다. 여기는 또 다른 별천지다. 작은 섬에 야자나무 두 그루가 있다. 사랑섬이란다. 첫 번째로 반기는 여자조각상 풍경이다. 에어 타히티 누이 비행기로 온 사람들은 공항의 섬에서 보라보라 본섬까지 30분간 보트로 이동해주는데 무료이다. 바이타페 항구까지 온다. 택시 타고 예약한 숙소로 이동한다. 현지인 숙소가 가성비 좋고 취사 해결 등 완벽하게 해준다. 숙소 호스트가 기다렸다가 숙소 정원에 열려있는 패션프루트, 파파야, 바나나를 따서 준다. 첫인상부터 좋다. 숙소에는 무료 자전거 3대, 스노클링 장비 4개 등 필요한 것 다 준비되어있다. 된장국. 햇반 등 가지고 온 것 먹고 고추장에 밥 비벼 먹으니 힘이 난다. 자전거 타고 드라이브 나간다. 자전거로 일주하

는 것은 젊은 사람은 가능하다.

자전거로 보라보라섬을 일주할 능력이 있다고 자신했다. 숙소에서 무상 대여해준 자전거로 도로에 나선다. 재미는 있으나 수십 년 만에 운전이라 혼란이 온다. 숙소로 귀가한다. 집 앞 잔디밭이 골프장처럼 정리되어있다. 양탄자처럼 푹신하다. 동반자가 자전거에서 가볍게 넘어진다. 머리가 잔디밭에 살짝 닿아 퍽 소리 나는 듯하다. 일어나서 웃는다. 다행이다. 별이 보였다고 동반자는 말한다. 지진 난 줄 알았다고 나는 유머 있게 말한다.

숙소에서 렌터카 회사로 전화한다. 하루 24시간에 100$로 승용차 렌터

카 했다. 모닝 차다. 뿌듯하다. 드라이브만 남았다.

보라보라섬을 한 바퀴 돌면서 예쁜 곳에 내려 구경한다. 어제의 풍경과 다르다 처음 본 풍경이다. 햇빛에 의해 시시각각으로 변하는 바다는 경이롭다. 마티라 해변에서 가장 예쁜 인터콘티넨털 호텔 해변으로 입장한다. 투숙객은 아니어도 관광은 자유다. 아름다운 바다를 호텔이 장악한 듯하다. 이렇게 아름다운 해변은 본 적이 없다.

바이타페 항구로 이동한다. 보라보라에서 가장 번화한(?) 도시라서 있을 것은 다 있다. 보라보라 비행장을 가려면 바이타페에서 에어 타히티누이가 무료로 제공하는 배를 타고 나가야 한다. 물론 비싼 호텔 투숙객은 호텔과 비행장을 왕복 실어다 준다. 그 대가는 매우 비싸다. 오테마누 산을 걸어서 올라간다. 해발 727m 근처까지 올라가서 발아래 천하를 본다. 바다 색깔이 수십 가지로 변하고 있다.

하산하여 파누이와 아나우 지역을 돌아서 숙소로 돌아온다. 한 바퀴 도는데 몇 시간이면 충분하다. 승용차가 가장 좋다. 여유 있다면 헬기 투어도 있고 세계에서 가장 좋은 리조트와 호텔이 즐비한 곳을 누릴 수 있다.

에피소드. 여행 팁 

Travel wallet 카드: 지불 수단은 현지 화폐가 제일이지만 식당, 상점 등 대부분은 Travel wallet 카드로 했다. 여행자는 필수품이니 꼭 만들어 가야 유리하다. 현지 화폐인 퍼시픽 프랑과 달러를 같은 가치로 교환하므로 달러도 지참하면 요긴하다. travel wallet 카드는 타히티 화폐를 충전해가면서 사용하다가 남은 돈은 환입 할 수 있어서 편했다.

새벽을 알리는 건 야생 닭의 울음이다. 어느 곳에 가든지 특히 산속에 들어가면 닭들의 천국이다. 수탉이 특히 예쁘다. 포즈를 취해 달라하면 사진 찍어도 움직이지 않는다. 팁도 받지 않는다.

보라보라에서 아침 일찍 숙소를 나와 해변 따라 산책한다. 따스한 물

길 감촉이 좋다. 돌아오는 길에 오테마누 산이 웅장한 자태로 서 있는 모습을 본다. 무식하면 용기가 있다. 들고 있는 것은 우산뿐이다. 방향을 틀어 차가 갈 수 없는 곳까지 가고 오솔길 따라 걷는다. 오를수록 험하다. 내가 가면 길이다. 앞만 보고 간다. 마침내 산 정상과 비슷한 높이의 다른 봉우리에 올라왔다. 보라보라 바다가 한눈에 담긴다. 와! 탄성을 멈출 수 없다. 무지개 바다, 파랑이 저렇게 에메랄드빛으로 보이나 눈을 의심한다. 무식한 것이 아니다. 용기 있는 사람이라고 칭찬한다. 용기 없었다면 오솔길 따라 산 정상에 오를 생각할 수 없었다. 감탄사를 연발하며 하산한다. 비가 온다. 감상 끝나니 비가 와서 땀에 젖은 몸을 시원하게 해준다. 아침밥을 해 먹고 쉬는데 비가 또 온다. 몇 시간 째 온다. 먼 곳까지 비행기 타고 와서 방안에 갇혀 있다는 것은 슬픈 일이다. 아니다, 그동안의 고

생을 끝내고 오늘은 푹 쉬라는 신호라고 하나님! 감사합니다. 말한다. 아무것도 하지 않는다고 불행한 것은 아닐 것이다. 지금 편안하다. 행복하다. 야자수 정원을 바라보다가 아침에 올라 갔다 온 오테마누 산을 멀리서 본다. 비바람 소리에 장단 맞춘다. 많은 비가 내린다. 바람도 세차다. 몇 년 만에 온 싸이클론 이란다. 숙소 정원의 바나나와 파파야 나무가 쓰러졌다. 점심 준비한다. 호스트가 정원에서 따준 파파야를 잘게 썰어 카레라이스 요리한다. 다른 재료가 없다. 이곳 마트에서 쌀을 샀는데 맛이 없다. 한국에서 가지고 온 쌀로 다시 하니 역시 맛있다. 고추장을 얹으니 진수성찬.

오늘은 날씨가 아주 좋다. 어제의 태풍 폭우는 꿈같다. 스노클링 하러 출발이다. 세계에서 스노클링 포인트 1위라는 보라보라다. 역시 헛소

문 아니다. 나보다 더 큰 상어가 맴돈다. 가오리도 함께 춤을 춘다. 수십 마리 상어와 가오리가 내 주위를 맴돌아도 무섭지 않다. 절대로 물지 않는다는 말을 믿는다. 가오리를 만졌더니 미끄럽다. 좀 세게 만졌더니 꼬리를 친다. 애교 있게 허벅지를 스친다. 태평양의 온갖 종류 물고기들이 다 모여있다. 물보다 고기가 더 많다. 그것도 어른보다 더 큰 대형 상어와 가오리들이 스노클링 하는 사람들을 맴돌며 헤엄치는 장관을 연출한다. 보라보라에서 가장 추천할만한 코스다.

보트를 타고 다른 해변을 간다. 백옥같은 모래사장의 바다, 하양과 파랑의 조화를 이룬 바다, 초록과 에메랄드빛의 바다 등등 온갖 형용할 수 없는 빛을 보여주는 보라보라 바다는 최고 중 최고다.

동반자는 디스 카운트 선수다. 보라보라에서 스노클링 1명당 가격이 200$라는데 1인당 90$. 두 명이 180달러(현지 화폐 cfp 18,000), 현금 지급

조건으로 할인하여 계약했다. 집에서 왕복 픽업도 해준다. 숙소에서 전화 한 통으로 모두 해결 끝.

누가 그랬다. 보라보라에 오면 탄성조차 나오지 않는다고, 천국의 섬에 압도된 느낌은 어떤 감탄사로도 표현할 수 없다.

에피소드, 여행팁

타히티는 나 홀로 여행자가 많다. 영어를 누가 더 잘하나 말솜씨 오디션 같다. 혼자 있으면 자기도 혼자 왔으니 유혹해 보라는 태도다. 나만의 착각일까? 마음 흔드는 자태는 왜 보여주는 것일까? 이곳 사람들은 사랑을 즐기나 보다. 사랑을 너무 늦게 알게 되면 안타까운 일이구나 생각하게 만든다.

타히티의 여인들은 유혹적이다. 바운티호의 반란이란 영화에서 멜깁슨은 타히티 여인 때문에 배에서 반란했다. 고갱은 타히티 여인과 살면서

화가의 길에 몰입 했다. 그럴만하다. 그러기에 충분히 유혹적이다. 나처럼 나이 들었거나

평정심을 잃지 않을 사람도 있긴 하겠지만.

보라보라 공항에서 타히티 가려고 체크인하고 티켓을 받았다. 보딩 시간은 12시 20분이다. 비행기 출발시간은 12시 30분이다. 현재시간은 11시

30분이라 여유 있어서 공항 상점에서 바게트로 점심 대용하고 있다. 승무원 복장의 사람이 우리를 찾는다. 11시 40분 출발인데 왜 안 타느냐고 빨리 따라오라 한다. 방송도 하고 많이 찾았단다.

프랑스어는 모른다. 영어로 두 사람 어쩌고 했지만 들리지 않았다. 얼마나 서둘렀는지 비행기까지 뛰어가는데 이것도 비행장이라고 길이 있다고 한다. 보행자 길이 아닌 곳으로 왔다고 또 혼이 난다. 비행기가 무사고인 것이 더 신기하다. 믿을 사람, 믿을 물건, 기계도 이곳은 없다. 비행기

가 사람 탔으면 한 시간도 먼저 출발 하나 보다. 지금부터 귀를 세워야겠다. 국제공항이 아니면 표에 있는 시간을 믿지 말아야 한다는 것을 새롭게 알았다.

비가 오는 날은 명상하며 생각을 만난다.

즐거움은 스스로 찾아오지 않는다. 기쁨을 채워가는 습관이 필요하다.

나이 들수록 기쁨은 빛깔이 달라진다. 걸을 수 있을 때 감동을 맛볼 수 있도록 떠나자.

후회는 시간과 에너지의 낭비일 뿐이다. 지금 새길을 간다. 새길을 가는 내 발걸음에 힘을 주면 된다. 천국을 올려다보는 것은 나의 의지에 달려있다.

여행은 용기다. 계획이 아니다. 실천이다. 그냥 저질러 버려야 한다.

오늘 걷는다. 걷지 않으면 생각도 멈춘다. 걸으면서 나와 대화하고 나를 채운다.

아무것도 하지 않는다. 무료함은 불행이 아니다. 행복은 스스로 만족하는 사람의 것이다.

RAIATEA

라이아테아 섬

RAIATEA

라이아테아 섬

신이 흔적을 남긴 섬이라고 한다. 면적 238평방km. 인구 12,250명. 섬 둘레 98km 길이 있다. 최고 높은 산은 1,017m, 메인 도시 우투로아. 타히티에서 193km. 머나먼 천국. 부드러운 빛의 하늘이라는 뜻을 가진 섬. PPT에서 비행기로 40분. 이웃 섬인 타하와 마주 보고 있다.

천 미터가 넘는 산과 해안선이 조화된 라이아테아의 풍경은 드라마틱하다.

하이킹, 스노클링. 모두 빼놓을 수 없다.

섬 탐험하기 : 승용차나 버스로 섬 순환도로 드라이빙. (페투나, 오포아 등)

하이킹 : 안내받으며 오래된 숲길 따라 테메하니 산 고원 올라가 보고 테메하니 산 능선에서 아름다운 티아레, 아페타히 꽃피는 광경 구경.

세일 보트 빌리기 : 세일 보트(돛단배) 대여하여 섬 사이 항해하기.

파이로아 강 여행 : 울창한 열대림 속으로 구불구불 뻗어있는 파이로아 강을 작은 배나 엔진 달린 카누 등으로 리버투어 하기.

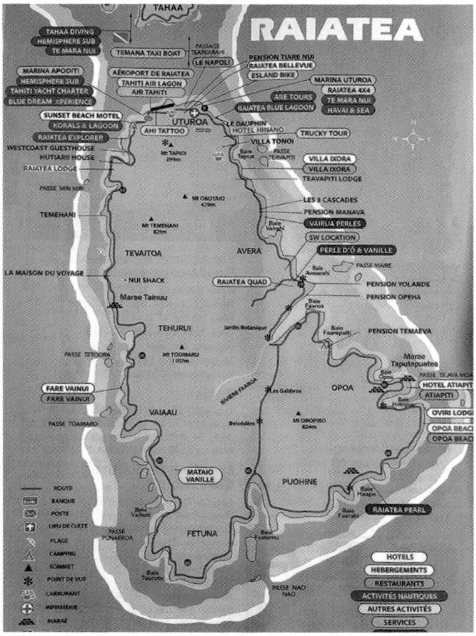

마라이 탐험: 원주민들의 종교적 공간 있었던 곳. 마라에와 옛 사원 둘러보기. 유적지며 국가 기념물.

마을과 상점 둘러보기 : 우투로아에서 쇼핑하기

이웃 섬 타하 방문

섬

그리워서 닿은 곳

맨날 보는 바다, 집에서는 바다가 안 보였으면 좋겠다.

오늘도 숨 한번 시원하게 쉰다.

3

보라보라에서 타히티 본섬으로 다시 온 날이다. 모레아 출발 전에 공항 분실물센터에 들렀다. 10일 동안 단벌옷으로 불편한 점이 한두 가지 아니었다. 가방이 이틀 전에 왔다고 한다. 왜 연락 없었느냐 추궁하니 연락 없으셔서 기다렸다고 한다. 울어야 밥 주나 보다. 가방을 보니 너무 반갑다. 물건이 가슴 벅차게 하다니 눈물 날 지경이다. 가방 모두 찾아서 타히티 도착 10일 만에 다시 배에 올랐다. 오늘부터는 편안하게 타히티 여행이다.

타히티의 라이아테아 섬 여행 첫날이다. 타히티 여행 12일째다.

섬 탐험을 선택한다. 트럭 개조한 차 주인이 호객한다. 하루 섬 일주 드라이브다. 관광명소 모두 보여준다고 한다. 1인당 100$란다. 나의 파트너가 나설 순간이다. 할인 명인이다. 연극배우처럼 연기하더니 협상 되었다고 한다. 1인당 60달러 2명 합계 120달러(cfp로는 12,000). 영어 실력이 뛰어나서인가, 기술인가, 파트너는 재주꾼이다. 가축을 싣고 다녔는지 바나나 파인애플을 싣고 다녔는지 농업용 트럭이다. 짐이 되면 어떠하랴. 1,017m 투마루 산을 계곡 따라 오른다. 웅덩이 많은 비포장도로여서 트럭이 아니면 불가능했을 것이다. 30분 타고 가니 100m 높이의 거대한 폭포를 마주하게 된다. 그때 폭우가 쏟아진다. 차에서 내리지도 못한다. 폭포가 나를 영접하기 싫다면 나도 폭포를 사랑할 수 없다. 아쉬움을 뒤로 하고 하산한다. 20분쯤 내려오니 언제 비바람이 불었는지 쾌청하다. 다른 산을 오른다. 오로피로 824m 산이다. 역시 웅장하다. 누가 저렇게 산을 조각하여 병풍 쳐 놓았을까? 산 하이킹 끝내고 해안도로 따라 드라이브다. 왼쪽은 아름다운 산이요 오른쪽은 옥빛 바다다. 다행이다. 한쪽만 아름다웠으면 고개가 고정되어 목 디스크가 왔을지도 모른다. 도리도리 해야 하니 목 운동 되어 함박웃음이다. 타히티의 섬들은 모두 비경이라니 이곳에 움막 짓고 자연인으로 살고 싶다.

밤이 되면 세상의 모든 별들이 모인 곳을 찾아 생각에 잠긴다.

장기 여행이 낯설지 않다. 이제 자연스러운 일이 되었다. 모든 곳이 천국이다.

자유로운 삶을 살아가겠다고 말하고 싶으면 다른 사람들과 비교하면서 박탈감을 느끼지 말자

경제적 자유를 얻을 힘을 길러야 올바른 자기 발전을 이룰 수 있다

마음에 여유로움보다 더 행복한 건 없을 것이다. 오늘도 잘 지냈는가?

세상의 끝이 여기면 좋겠다. 어디로 가든 말문이 막히도록 황홀하다. 바다를 막고 서 있는 옥색 산호 띠를 보면서 광활한 자연 앞에 작은 존재임을 느꼈다.

타히티는 나를 물들이는 곳이다. 다른 생각 하다가 어느새 정신을 차려본다. 타히티에 한껏 빠져있는 내가 보였다. 타히티에 도착한 날부터 천천히 나를 적시고 있다.

세상 모든 파란색이 타히티에서 흘러나오는 것이 아닐까 생각한다.

자유인

맨발로 맨땅을 밟는다. 황토길이다. 자유인이다
생각들이 내린다. 조각들이 선을 만든다.
남겨야 할 것은 머릿속에 둔다.
걸음이 새털처럼 가볍다.

TAHA'A

타하 섬

TAHA'A

타하 섬

타히티 본섬에서 라이아테아 비행장까지 40분. 비행기가 활주로를 떠난다. 아름다움에 눈이 부시다. 타히티가 아래에 펼쳐있다. 보라보라 쪽 갈 때는 왼쪽에 올 때는 반대쪽 오른쪽에 앉으라는 팁이 유용하다. 작은 비행기여서 푸른 산호들이 바다를 덮은 모양이 환하게 보인다. 하늘에서 즐기는 호사다.

섬의 면적이 53평방km (여의도 20배)인데 인구는 5,300명이 산다. 라이아테아 공항에서 보트로 10분 거리다.

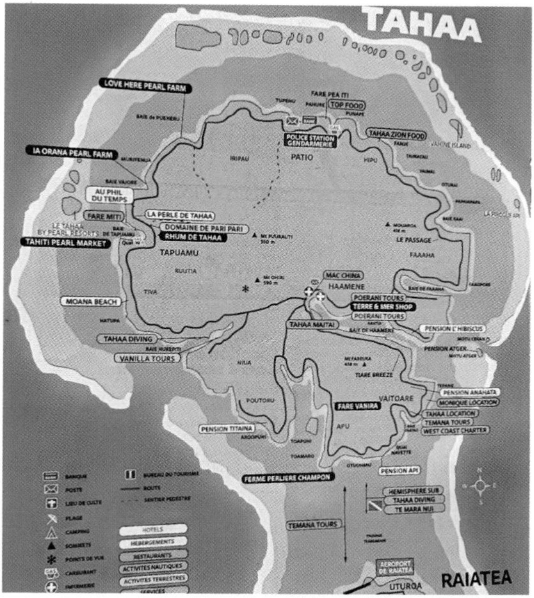

이제 그림 같은 해안선의 멋진 전망 감상하러 가야겠다. 머나면 천국의 섬을 누린다. 삶의 속도가 느려진다. 고요한 삶 속으로 인도한다. 산 위에서 흐르는 바람을 따라 꽃향기가 이곳의 공기를 채운다. 비밀스럽고 한적한 곳이다. 시간이 멈춘 듯한 느낌이다. 타하의 사랑에 빠지게 된다. 물 안에서도 물 밖에서도 이곳의 완벽한 아름다움을 보여준다.

바닷물 색깔은 사파이어와 에메랄드 섞은 빛이다.

멋진 바다를 보면서 먹는 식사는 무엇을 먹고 있는지 잊을 정도다.

맛도 분위기도 세상이 온통 사랑스럽다. 감성 가득한 곳에서 즐기는 여유가 반갑다.

가장 호화로운 산책을 할 수 있고 눈 호강은 기본이고 가슴 뭉클하다. 쉽게 볼 수 없는 유일무이한 대자연이다. 보는 것만으로도 행운이니 지루할 틈이 없다.

바닐라 재배농장을 보다가 어떻게 흑진주가 생산되는지도 알아볼 수 있다. 전통 뗏목을 타고 청록색 석호를 가로질러 멋진 경치 좋은 경험을 하는 것은 덤이다. 모든 슬픔과 걱정은 여기에 다 내려놓고 가야겠다.

짜릿함의 끝. 수상 보트로 청색 융단을 가로지르며 돌아온다. 풍경 미쳤다.

1. 바닐라 농장

2. 흑진주 생산지

3. 스노클링, 산호섬

타히티 여행 13일째다. 라이아테아 선착장에서 보트를 타고 타하 섬으로 간다. 오늘 옵션은 바닐라 농장과 흑진주 생산 현장, 라 군 탐험이다.

1인당 100달러를 나의 파트너가 1인당 60달러로 할인받아서 가고 있다. 파란색 비단을 가운데 찢으며 가는 듯하다. 바닐라 향이 코끝을 간지럽힌다. 첫 번째 방문지는 바닐라 농장이다. 작은 콩 형태에서 유래되어 속명이 생긴듯하다. 난과의 넝쿨 다육성 식물로 15m까지 자란다고 한다. 모기퇴치 열매 지닌 큰 나무를 타고 넝쿨식물로 큰다. 꼬투리를 수확한 후에 발효와 건조 반복한 후 향을 발휘한다. 아이스크림, 화장품 등 향을 낼 때 쓴다. 식용 바나나와 같은 종류인 줄 알았는데 전혀 아니다. 바나나는 음식, 즉 식품이고 파초 과 식물이다. 바닐라는 향신료다 난초과 식물이다.

타히티에 오지 않았다면 평생 같은 과 식물로 여겼을 것이다. 재배과정과 숙성 과정을 구경한다,

흑진주 바다 농장으로 이동한다. 생조개를 잡아다가 쌀알만 한 동그란 플라스틱을 강제로 주입하여 어망 같은 발에 묶어 바다에 넣는다. 18개월 후에 꺼낸다. 조개가 상처를 치료하고자 발산하는 액이 점점 이물질을 감싸며 오랜 진통 끝에 흑진주가 된다. 조개를 건져서 흑진주 빼내고 다시

동그란 플라스틱 넣고 반복, 5회까지 생산한다. 설명을 듣자니 흑진주가 싫다. 흑진주 한 알 평균 1,000$이라고 한다.

이곳 바다와 모든 흑진주 중에서 선택하라면 이곳 바다를 가지겠다. 누구나 보고 즐기고 사용하는 바다를 택하겠다는 나, 그래서 나는 부자가 되지 못하나 보다. 마지막 코스는 산호로 둘러싸인 모투 섬에서 자유시간이다. 수영하고 스노클링하고 걷는다. 타히티. 세상 밖에 있는 것 맞다.

SUZUKI

HUAHINE

후아히네 섬

HUAHINE

후아히네 섬

타히티의 북서쪽 170km에 위치. 후아힌 누이 60km, 후아힌 이티 35km 해안도로 있다. 최고봉은 669m 산이 있고 메인 도시는 matairea'마타이레아'이다.

후아힌은 자신만의 최초의 환경을 간직한 처음 모습 그대로 원시의 섬이다. 파페에테에서 비행기로 45분. 면적 74평방km. 인구 6,075명.

시냇가에는 민물장어들이 득실거린다. 파란 눈을 가진 민물장어가 수호신이라도 되는지 먹지 않는다. 수백 마리 큰 장어들이 헤엄치고 있다. 하천의 장어를 잡아먹지 않는 게 신기하다. 오히려 밥도 주고 함께 놀고 있다. 한국이라면 다 잡아서 보양식으로 먹었을 것이다. 자연의 것은 한 개도 내

것이 아니라 우리의 것이요 보호해야 한다고 한다.

부득이 바닷가에서 고기를 잡는 사람들도 그러하다. 물고기는 가족이 당일 먹을 만큼만 잡는다. 자연과 사는 사람들은 시간도 천천히 자연과 함께 소중하게 쓴다.

진정한 섬. 비밀의 섬으로 불린다. 북쪽의 후아힌 누이와 남쪽의 후아힌 이티 두 개 섬, 라 군으로 걸쳐진 다리로 서로 연결되어있다.

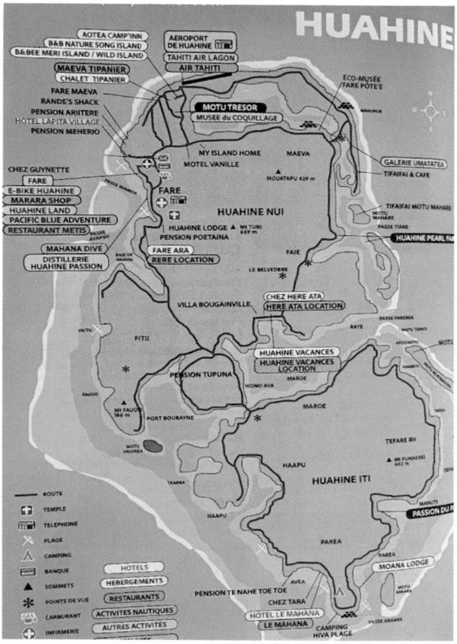

파이에 : 푸른 눈의 장어 구경. 모레아에도 조금 있지만, 이곳은 아주 많다.

마에바 : 큰 라 군과 농장 체험

파레 : 흰 모래 해변 산호 절벽과 정원. 하이킹 스노클링이 좋다.

대부분 후아히네 누이 즉 북쪽 섬에서 구경하고 트레킹 하는 것이 좋다.

에피소드. 여행팁

후아힌 공항이다. 짐도 수동으로 옮긴다. 여기가 공항 맞나 의심한다. 소도시 버스터미널도 이것보다 크다. 앙증맞다. 아침부터 웃음으로 시작한다. 여유 있게 시간을 보내고 싶다. 해변을 산책하다가 야자나무 그늘에 눕는다. 이곳은 천천히 느리게 느리게 느낌이다. 에덴동산에 있는 기분이다. 코랄 해변의 작은 섬 위에 호텔 리조트가 있다. 타히티의 다름 섬처럼 옥빛이고 아름답다

오늘은 아무것도 하지 않는 자유를 누리고 싶다.

오늘의 단상. 걸으며 생각을 만난다.

질병 없다고 건강하다고 말할 수 없다. 정신적인 건강 즉 편안한 삶이 건강이다. 남이 스트레스 준다고 말한다. 자신이 마음먹기 달렸다. 멀리 여행에서 멈추어 보니 삶이 보인다. 편안히 잘 살아야겠다. 마음을 바꾸자. 오늘은 내 삶으로 살자.

오늘도 웃자. 웃음에는 건강이 담겨있다. 여행길이 고행길이라면 억지로라도 웃자. 나만이 켜고 끌 수 있는 행복 스위치를 켜고 가는 거다. 지금 즐겁지 않으면 그 스위치를 꺼놓고 있는 것이다.

즐기지 않는 자유는 소용없다. 오늘따라 하느님이 보일러를 너무 세게 틀었나 보다. 바다에 뛰어들어 스노클링 하라는 모양이다.

걸을 때마다 내가 됨을 느끼기에 한 걸음씩 나아간다. 그냥 해안을 따라 걷는다. 오른편에 바다를 끼고 계속 걷다 보면 출발선에 도착할 것이다. 그 시간을 알 수 없지만. 삶은 하늘이 주신 것이고 행복은 내가 만드는 것이다.

오늘 즐겁게 살았다면 인생의 정답대로 산 것이다.

완벽한 시간은 오지 않는다. 지금이 최고의 순간이다. 한 번쯤 무엇에든 미쳐볼 일이다. 나를 믿는다. 인생을 숙제처럼 살 필요는 없다. 내가 없어도 세상은 굴러간다. 스스로 닦달하지 말고 고민하지 말고 그냥 재미있게 살면 좋지 않은가?

어떻게 하면 더 좋은 것을 가질 수 있을까 생각하며 살았는데 이번 여행에서 느끼고 있는 건 어떤 것을 버려야 더 잘 살 수 있을까 고민하게 되었다.

인생은 짧다. 좋아하는 사람을 좋아하고 살기에도 짧고 하고 싶은 일만 하고 살기에도 짧다. 하고 싶은 일만 할 수 있다는 것은 나이 들어감의 장점이다.

여행에서 후회하지 않는 법은 순간이 영원하게 여행하는 것.

바닷물이 맑다. 해가 와서 쉬고 있다. 山도 쉬고 구름도 쉰다.

구글 지도가 제대로 접속이 되지 않아도 불안하지 않다. 계속 걷다 보면 다 잘 될 것이다. 투명한 파란빛의 바다 경치에 반해 균형을 잃고 미끄러진다. 내 품위가 좀 떨어졌는데 보는 사람이 아무도 없다. 다시 일어나 전진이다.

나에게는 절대 법칙이 있다. 나 자신을 믿고 결정하고 행동하고 실천한다.

자유를 구속하면서 번뇌하게 만드는 것은 놓고 산다. 마음으로부터 자유로울 필요가 있다.

생각이 진행형이면 행동도 진행형이 된다.

오늘도 아름다운 자연과 친구 되었더니 마음이 풍요로워지고 편안해졌다.

언제 죽을지 모르는 인생이다. 아등바등 살 필요는 없다. 즐겁게 남은 세월 살아보면 안 될까?

미래보다는 오늘 하루가 얼마나 행복을 느끼면서 살아가고 있는가가 더 중요하다. 그러므로 나를 위한 삶을 살아가는 자세가 더 좋은 것이다.

여행 계획을 취소해도 좋다. 공원에 익숙해졌다. 숙소 앞 공원에서 무

엇을 행해도 어색함이 없다. 딱딱한 바게트를 뜯어 먹는다. 엄청나게 불쌍해 보였는지 수많은 새들이 노래해준다. 행복해서 온몸이 짜릿짜릿하다.

너무 많은 걸 가지면 나중에는 많은 것을 관리하는 것들이 자신을 힘들게 한다.

아름다운 바다를 보면 좋은 이유가 있다. 생각할 시간이 영원처럼 끝없이 펼쳐진다. 시가 술술 풀려나온다.

갈 곳을 지나쳤다. 왼 딴 길이다. 사방이 꽃밭뿐이다. 그림 액자 속에 빨려 들어온 느낌이다. 지금부터는 여행하다 길을 잃는 것에 기대를 품어야겠다.

영원히 지금처럼 낯선 일상을 보내고 싶다. 빠른 길이 어디 있는가 찾지 말고 여행을 조금 더 천천히 하는 방법에 더 익숙해져야겠다.

멀리 여행한다고 죽을까? 하고 싶은 것을 하다가 죽으면 멋지겠지. 이번 여행은 이 물음에서 모험이 시작되었다.

꿈이라면 끝없이 쉬지 않고 여행하는 것이다. 걸어서 여행할 때까지만 인생이니까. 발칙한 상상을 현실로 만들자. 바보처럼 살아도 큰일 안 난다. 완벽한 계획이란 없다. 가슴이 뛴다면 그냥 해보는 거다. 인생에서 돈보다 중요한 게 즐거움이다. 쓸데없는 짓 두려워 말자. 가끔 딴짓하면 인생은 즐겁다.

주문을 외운다.

오늘도 좋은 날이라고.

고갱을 그리며

고갱은 가정과 모든 속세를 철저히 버리고 예술혼을 찾아 낙원인 에덴 동산 타히티에 정착해 비로소 예술가의 영혼을 불태웠다.

고갱에게 타히티는 그가 찾은 마지막 정착지였을까? 타히티 여인과 살았지만 꿈과 현실의 갈등이 있었을 것이다. 싼값에 그림을 팔고 가난과 외로움 속에 혼자 죽었고 그 후 그의 작품은 편당 수백억 원에 팔린다. 타히티는 죽은 고갱을 이용하듯 관광객은 고갱의 흔적을 이곳에서 찾는다

파리의 화려함과 평안함을 버리고 그림을 그려야 한다며 타히티 여인의 품에 안겼던 고갱, 어떤 비난과 비웃음에도 개의치 않고 문명과 인습을 버리고 예술혼에 불탔던 화가는 그가 죽은 후에야 세계 최고의 화가로 인정되어 졌다.

고갱이 부럽다. 나는 과연 인간의 도리 등으로 중무장한 삶을 버리고 예술혼을 불태울 수 있을까, 이상과 현실 속에서 고민하고 갈등하며 살게 될 것이다

나는 천재가 아니다. 내 삶에 만족하고 감사한 삶을 살고 있다.

터지는 설렘과 만족 속에 또 하루를 보내고 있지 않은가. 고갱처럼 이상향, 지상낙원, 천국을 만들기로 할 필요는 없다.

고갱의 작품 "우리는 어디서 왔으며, 우리는 무엇이며, 우리는 어디로 가는가." 생각난다.

태어나고 어린 시절 젊은 시절 보내고 늙어서 죽음을 맞는 인생을 대작으로 그린 의미 있는 작품이다

폴 고갱(1848~1903)은 사후에 이름이 알려졌다

나도 고갱처럼 작가로서 승부수를 타히티에서 던지기로 마음먹을 용기가 있을까?

금융기관에서 편히 근무하다 돌연 화가의 길로 파격적인 결정을 한 고갱. 내가 못 하는 용기에 박수를 보낸다.

에필로그

여행은 여유 있는 사람들만 가는 것이 아니다. 여행해야 여유가 생긴다. 돈의 여유보다 마음의 여유가 더 중요하다. 용기만 있다면 여행은 어디서든 시작할 수 있다. 타히티는 19시간 한국과 시차가 나는 곳이어서 더 좋다. 휴대전화에서 해방되는 등 나를 찾는 여행이 된다.

타히티 여행한 후 귀국길에 배로 여러 곳을 돌아보았다.

사모아의 수도 아피아. 사모아제도. 뉴칼레도니아 수도 누메아. 피지의 라우토카, 드라부니, 등 여러 나라와 섬들을 하루 이틀씩 각각 구경하며 호주의 시드니에 도착하여 귀국 비행기에 올랐다.

크루즈 배로 태평양을 건너는 것이 타히티에서 비행기로 이동할 때와 가격 면에서 유리했기 때문이다. 물론 많은 날이 소요되긴 하였다. 긴 여정이었지만 가장 만족한 여행이었다. 다른 나라 여행지는 현실이 되기 위

해 여행 일정을 짜면서 큰 방향을 잡는다. 타히티는 발길 가는 대로 어느 곳으로 가든 문제 되지 않는다. 모두 그림엽서다. '하늘 아래 새로운 것은 없다.' 말은 실감하지 않게 되었다.

바다가 얼마나 아름다운지 보기만 해도 심장박동이 빠르게 뛰기 시작

하는 곳이다. 타히티의 2,241M 오로헤나 산을 다시 오른다면 절대로 돌아오지 않을 것이다. 고갱처럼 타히티에서 생을 마감할 것이다. 천국보다는 타히티를 다시 가고 싶다.

타히티를 평생 그리워하며 살 것이다.

세계의 여행객들이 매료된 타히티

타히티

(타히티 · 모레아 · 보라보라 · 라이아테아 · 타하 · 후아히네)

초판 1쇄 발행 2024년 1월 30일

지은이 송양의
사 진 송양의
펴낸이 노용제
디자인 서용석
펴낸곳 정은출판

등 록 제2-4053호
주 소 04558 서울시 중구 창경궁로 1길 29 (3층)
전 화 02-2272-8807
팩 스 02-2277-1350
이메일 rossjw@hanmail.net

ISBN 978-89-5824-491-2 (03810)
정 가 15,000원